SUCCESSION DE MADAME LA COMTESSE M... DU N...

Objets d'Art Anciens

ET MODERNES

FAIENCES & PORCELAINES ANCIENNES

TABLEAUX

MEUBLES, BRONZES

OBJETS DE VITRINE

CATALOGUE

DES

OBJETS D'ART ANCIENS

ET MODERNES

FAIENCES ET PORCELAINES ANCIENNES

DE

Delft, Rouen, Nevers, Palissy, Castelli
Urbino, Japon, Chine, Saxe, Zurich, Sèvres, etc.

TABLEAUX MODERNES

PAR GUDIN, TOULMOUCHE, E. FICHEL

Œuvres importantes de W. BOUGUEREAU et ARY SCHEFFER

Aquarelle de J.-B. ISABEY

MEUBLES — BRONZES

OBJETS DE VITRINE

PROVENANT

De la Succession de Madame la Comtesse M... du N...

ET DONT LA VENTE AUX ENCHÈRES PUBLIQUES AURA LIEU

HOTEL DROUOT, SALLE N° 6

LE MARDI 9 JUILLET 1912, à 2 heures

COMMISSAIRE-PRISEUR

Me ANDRÉ DESVOUGES

Successeur de M. Maurice DELESTRE

26, rue de la Grange-Batelière, 26

EXPERTS

Pour les Tableaux :	*Pour les Objets d'art :*
M. JULES FÉRAL	**M. ÉDOUARD PAPE**
7, rue Saint-Georges	174, rue du Faubourg-Saint-Honoré

EXPOSITION PUBLIQUE

Le Lundi 8 Juillet 1912, de 2 heures à 6 heures

CONDITIONS DE LA VENTE

Elle sera faite au comptant.

Les adjudicataires paieront *dix pour cent* en sus des enchères.

L'exposition mettant le public à même de se rendre compte de l'état et de la nature des objets aucune réclamation ne sera admise une fois l'adjudication prononcée.

Paris. — Imp. de l'Art. Ch. BERGER, 41, rue de la Victoire.

PREMIÈRE PARTIE

Succession de Mme la Comtesse M. du N.

DÉSIGNATION

TABLEAUX

GUDIN

1 — *Plage à marée basse.*

GUDIN

2 — *Plage au soleil couchant.*

TOULMOUCHE

3 — *Confidence.*

FAIENCES ANCIENNES

4 — **Raeren**. Petite bouteille, à décor de fleurs de lis.

5 — **Italie**. Deux vases, décor camaïeu bleu.

6 — **Italie**. Trois tasses, trois soucoupes, une cafetière, décor polychrome de fleurettes.

7 — **Urbino**. Coupe à piédouche, décor de grotesques.

8 — **Palissy** (Suite de). Petit plat rond. Scène pastorale.

9 — **Delft**. Beurrier, décor polychrome. Un cygne orne le couvercle.

10 — **Palissy** (Suite de). Petit plat rond, à décor polychrome de mascarons et de lambrequins.

11 — **Urbino**. Plateau à piédouche, orné au centre d'un médaillon de femme entouré de grotesques.

12 — **France**. Pichet en terre vernissée dont le sommet représente un personnage lisant. xviie siècle.

13 — **Rouen**. Pichet, décor polychrome dit à la corne.

14 — **Montpellier**. Deux assiettes fond jaune, décor de fleurs.

15 — **Allemagne**. Soupière, décor polychrome de lambrequins, d'ornements rocaille et de paysages.

16 — **Rouen**. Jardinière, décor polychrome de lambrequins.

17 — **Nevers**. Jardinière fond bleu persan, à rehauts d'ocre et de blanc fixe.

18 — **Delft**. Huilier et ses burettes, décor camaïeu bleu.

19 — Lot de faïences diverses. (Sera divisé.)

PORCELAINE SANCIENNES

20 — **Japon**. Deux potiches, décor polychrome, montées en lampes. Monture en bronze doré, de style Louis XVI.

21 — **Chine**. Jardinière fond capucin.

22 — **Chine**. Petit groupe de deux personnages émaillé sur biscuit.

23 — **Chine**. Deux petits cornets, décorés de poissons polychromes. Époque Kien-lung.

24 — **Japon**. Coupe couverte, montée en bronze.

25 — **Saxe**. Présentoir, à décor de fleurs polychromes.

26 — **Saxe**. Poêlon, décoré de fleurs polychromes.

27 — **Berlin**. Théière, décor de fleurs polychromes.

28 — **Zurich**. Cafetière, décor de fleurs polychromes.

29 — **Hoechst**. Drageoir, décoré de guirlandes de fleurs et d'amours en camaïeu rose.

30 — **Sèvres**. Crèmier en pâte tendre, décor de fleurs polychromes.

31 — **Sèvres**. Deux coquilles en pâte dure, décor de guirlandes et de roses.

32 — **Locré**. Deux statuettes de musicien et musicienne. Socle décoré en bleu.

33 — **Worcester**. Deux petites coupes, décor camaïeu bleu.

34 — Lot de porcelaines diverses. (Sera divisé.)

BRONZES

35 — Coupe, porcelaine de Chine moderne, montée bronze.

36 — Flambeau de bouillotte, à deux lumières, bronze patiné.

37 — Coupe en porcelaine de Chine moderne. Pied et garniture bronze doré.

38 — Tasse en porcelaine de Chine moderne, montée bronze doré.

39 — Coffret en bronze doré, avec plaques de porcelaine à sujets d'amour sur fond bleu.

40 — Statuette de Jeanne d'Arc en bronze patiné, signée : *Pierson*.

41 — Jardinière et deux coupes en ancienne porcelaine des Indes. Monture bronze doré.

42 — Statuette en bronze, femme endormie.

43 — Vase à panse surbaissée et à col très allongé. Bronze patiné. Ancien travail chinois.

44 — Grande vasque en bronze.

45 — Jardinière en forme de tronc d'arbre. Travail chinois.

46 — Coupe en porcelaine de Sèvres, décorée au centre d'un amour dans un encadrement turquoise. Pied en bronze doré.

47 — Deux candélabres, à trois pieds et à six lumières, en bronze doré.

48 — Paire de flambeaux, de *Barbedienne,* en bronze doré.

49 — Quatre flambeaux en bronze doré.

50 — Galerie de foyer en bronze doré, à sujets d'enfants se chauffant. Deux chenets, un pare-étincelle, un rouleau en cuivre.

51 — Garniture de cheminée en bronze doré, à sujet d'amours et de sirènes, comprenant une pendule, deux grands candélabres, deux flambeaux.

52 — Suspension en bronze doré, à vingt-quatre lumières et trois lampes.

53 — Lanterne en bronze doré. Style Louis XVI.

54 — Lanterne ronde, garnie en bronze doré.

55 — Lanterne en bronze doré, renfermant un petit lustre à quatre lumières.

56 — Grand lustre en bronze doré, à huit branches de trois et sept lumières.

57 — Petit lustre, cristal.

58 — Grand lustre, bronze doré et cristal. Style Louis XV.

OBJETS VARIÉS

59 — Cartel en bois doré. Style Régence.

60 — Baromètre en bois doré.

61 — Glace en bois doré. Époque Régence.

62 — Calice en ivoire.

63 — Boîte en émail cloisonné. Travail chinois.

64 — Coupe cristal sur pied bois sculpté.

65 — Calice émaillé, à quatre médaillons.

66 — Bonbonnière, décorée d'une miniature :
Femmes endormies. Style Louis XVI.

67 — Bonbonnière ronde, émail violet.

68 — Lot de verrerie, cristal, etc.

MEUBLES

80 — Petit écran en bois de fer ajouré avec plaque ronde en porcelaine de Chine moderne.

81 — Table de salon en poirier noirci.

82 — Ameublement en palissandre et bois de placage à damier, comprenant : une table ronde à sept rallonges, deux grands buffets à hauteur d'appui, à dessus de marbre et étagères latérales, seize chaises en palissandre dont douze recouvertes en drap rouge et quatre en cuir rouge.

83 — Grand vaisselier.

84 — Deux consoles en noyer, à filets noirs.

85 — Deux grands canapés et deux fauteuils capitonnés en damas de soie bleu.

86 — Grand fauteuil palissandre, à siège et dossier capitonnés.

87 — Ecran en bois noir et doré, avec feuille mobile à décor de bouquets de fleurs.

88 — Ameublement capitonné en étoffe de soie cerise, composé d'un canapé, quatre fauteuils et quatre chaises.

89 — Table, de forme ovale, en palissandre, à dessus de velours rouge.

90 — Jardinière en bois de placage, garni de bronzes. Style Louis XV.

91 — Canapé dos à dos, un grand canapé, deux autres canapés, un fauteuil, le tout capitonné et recouvert en damas de soie cerise.

92 — Deux tables palissandre.

93 — Socle à quatre pieds en bois noir.

94 — Ameublement en bois noir incrusté de marqueterie de cuivre et d'écaille, orné de bronzes dorés et recouvert de damas de soie cerise. Il comprend : une grande banquette, deux fauteuils, dix chaises.

95 — Six chaises volantes en bois doré, à sièges capitonnés recouverts en étoffe brodée.

96 — Chaise basse capitonnée, recouverte en satin, marron avec bande de tapisserie.

97 — Quatre petits tabourets de pied en bois doré, recouverts de velours. Style Louis XVI.

98 — Deux consoles d'applique en bois sculpté laqué gris, à dessus de marbre blanc. Style Régence.

DÉSIGNATION

TABLEAUX

E. FICHEL

99 — *La Chanson du Reître.*

ISABEY (J.-B.)

100 — *La Sortie du Château.*
Aquarelle gouachée.
Signée à droite : *J.-B. Isabey, 1822.*

BOUGUEREAU (William)

101 — *Le Sommeil.*
Signé et daté : *1864.*
Toile. Haut., 1 m. 55 cent.; larg., 1 m. 18 cent.
(Peut-être le tableau exposé au Salon de 1864 sous
le titre ci-dessus.)

SCHEFFER (Ary)
(deux pendants)

102 — *Marguerite en prière.*
Signé et daté : *1832.*

103 — *La Sortie de l'église.*
Signé et daté : *1838.*
(Scènes de *Faust*)
Toiles. Haut., 2 m. 16 cent.; larg., 1 m. 35 cent.

FAIENCES ET PORCELAINES
ANCIENNES

104 — **Castelli.** Vase couvert, de forme très allongée, présentant sur le piédouche et une partie de la panse des amours se jouant parmi les fleurs. La partie principale du vase représente la Nativité.

105 — **Palissy** (Suite de). Coupe, de forme ovale, représentant le Sacrifice d'Abraham.

106 — **Rouen.** Pichet, décor polychrome de fleurs et lambrequins.

107 — **Urbino.** Pichet, décor polychrome de grotesques.

108 — **Delft.** Fraisière, décor camaïeu bleu.

109 — **Italie.** Deux potiches, forme boule, à effigies, lambrequins et fleurs.

110 — **Raeren.** Pichet, décor d'armoiries.

111 — **Raeren.** Grand pichet, décoré au milieu de la panse de reîtres et personnages guerriers en relief.

112 — **Delft.** Soupière, décor polychrome dit « au cœur ».

113 — **Castelli.** Tasse et soucoupe, décor polychrome de paysages.

114 — **Faïences diverses.** Pichet, terre vernissée, en forme de hanap couvert. Un casque et une cafetière polychromes.

115 — **Japon**. Deux potiches couvertes, à décor polychrome de fleurs et d'oiseaux. Monture bronze, de style Louis XV.

116 — **Chine**. Deux potiches réticulées, décor camaïeu bleu. Époque Kien-lung.

117 — **Chine**. Coupe, décor polychrome de personnages, montée sur un pied en bois noir. XIXe siècle.

118 — **Sèvres**. Deux groupes biscuit, pâte dure, représentant deux scènes familiales du XVIIIe siècle : le Déjeuner et l'Allaitement.

119 — **France**. Magot en ancienne pâte tendre surdécorée en bleu et or. Il tient entre les jambes une sphère armillaire qui contient un encrier. Monture en bronze doré.

120 — **Sèvres**. Tasse couverte et soucoupe en ancienne pâte tendre, décor de lambrequins, cartouches et ustensiles dans le goût de Salembier.

121 — **Saxe**. Petit vase couvert, soutenu par deux amours. Fleurs et fruits polychromes en relief. Mouton en bronze doré. Style Louis XVI.

122 — **Saxe**. Petit présentoir, à décor de fleurs polychromes.

123 — **Chine**. Coupe en porcelaine moderne, montée sur un socle en bois.

124 — **Satzuma**. Coupe couverte. Socle en bois de fer. XIXe siècle.

125 — **Japon**. Deux potiches, forme balustre.

OBJETS VARIÉS

126 — Deux flambeaux en émail cloisonné. Ancien travail chinois.

127 — Coupe en ancienne porcelaine de Chine, fond jaune pâle. Monture en bronze ciselé et doré, d'époque Louis XV.

128 — Deux burettes en argent doré en forme de hanap. xviie siècle.

129 — Deux petits vases, à ornements en bronze doré, à sujets de chasse en ivoire.

130 — Flacon à sel, émail bleu.

131 — Boite en or émaillé, décorée sur le couvercle d'un paysage. xviiie siècle.

132 — Vase en bronze patiné. Ancien travail chinois.

133 — Boite en émail cloisonné. Travail chinois.

134 — Deux appliques en bois laqué blanc et doré.

135 — Calice en cuivre. Travail allemand.

136 — Coupe Vieux Japon. Monture bronze.

www.ingramcontent.com/pod-product-compliance
Lightning Source LLC
La Vergne TN
LVHW021918180726
843502LV00008B/3139